木漏れ日の時間

青木春菜　詩集

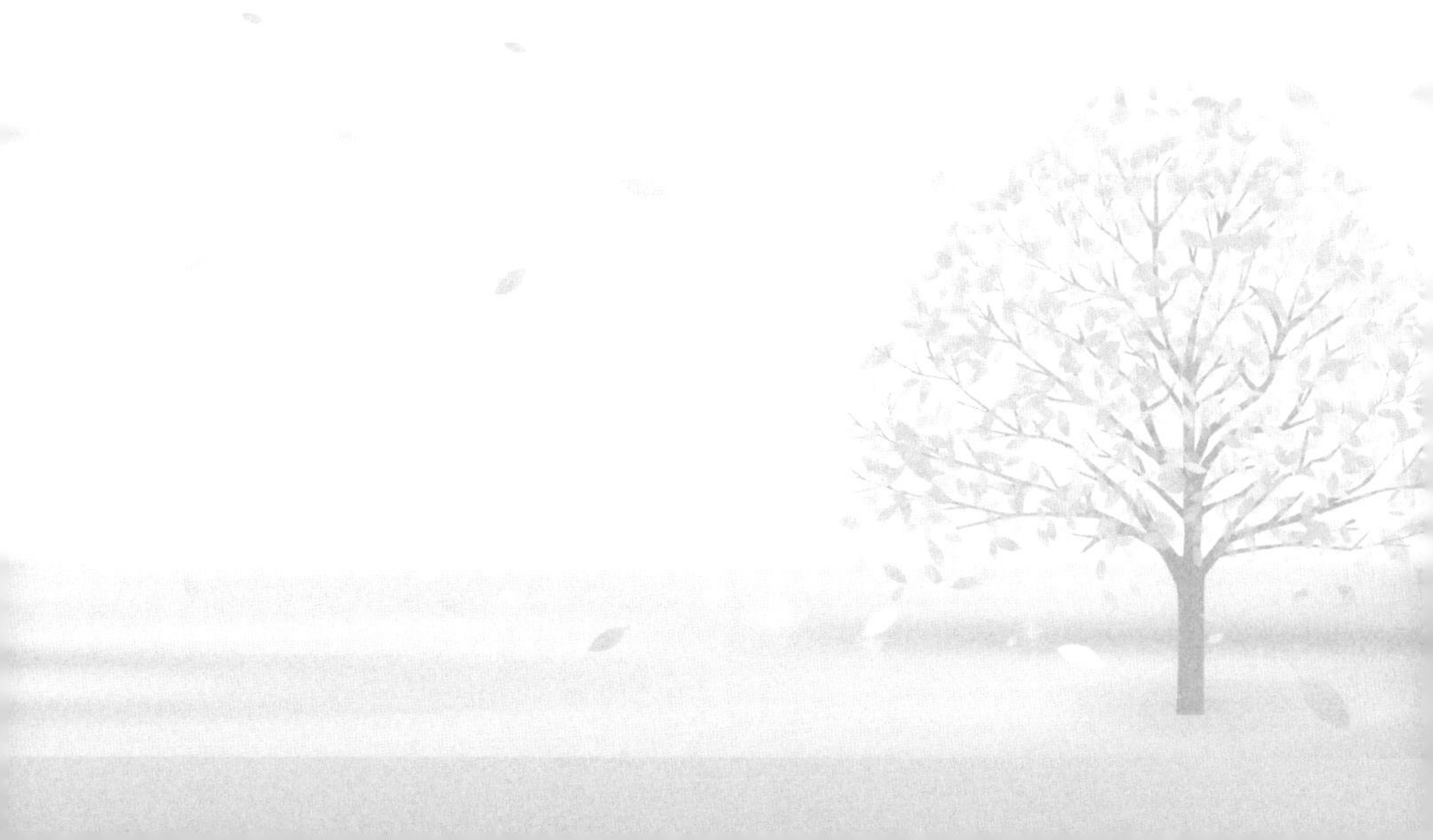

扉詩

手紙

今日も
わたしの言葉たちを
旅へと送りだす

思いを届けたい
ひとりひとりのもとへ
〝今〟の心を託して

今日のひとときから
明日　あるいは
あさってのひとときへ

言葉たちは旅しながら
空を横切り

山を越え
海を渡り

通過する
風景の鼓動を　まとって
ふわりと
誰かの心に舞い降りて

数日後には
ほかの言葉たちを
引き連れて
わたしのもとへ
帰ってくる

青木春菜詩集　木漏れ日の時間　目次

扉詩　手紙　2

I

散歩する人――難波《なんば》田《だ》龍起《たつおき》展にて　10
ソウルメイト――心友　14
合い鍵　18
賑やかな夢　22
のっぺの作り方　24
木蓮　28
道の記憶　30

II

今日の朝　34
夕暮れ電車　36
銀の小舟――水辺の夜　38
水の音符　42
夕時雨　44
夜の溜め息　46

木漏れ日の時間　48
旅時間　52

Ⅲ

湖の街で――琵琶湖畔から　56
図書館の羊飼い　58
溶け合う時間　62
遠距離ライフ　64
猫と魚　66
夕闇　70
美しい瞬間《とき》　72
器たちの宴　74
うずら出張所　78
黄昏のはぐれ者　82
夕暮れのすきま　86
歳月　90
あとがき　93

I

散歩する人 —— 難《なん》波《ば》田《だ》龍《たつ》起《おき》展にて

順路に沿って　次のコーナーを曲がろうとした時
端に展示されていた絵の中の人物が
ゆらりと　動いたように見えた

はっと息をのみ
コーナーを曲がってみると
通路の先の方で　一瞬背中が見えた

端の絵を見ると
特に変わった様子もなく

雑踏の様子が　描き出されていたけれど

どこか　違和感を抱きつつ
展示中のたくさんの絵を観ていき
最後に　また端の絵に戻っていった

絵の中には雨が降り出していた
外の天気と呼応するように
描かれた街の匂いを運んでくる

ちらりと見えた後姿は
絵から抜け出した人物が
散歩に出かけようとする姿だったのだ

展示される　行く先々の街で
彼はそうしてひそかに
その土地の空気感を味わいに
出かけているのかもしれない

いつかどこかで　彼と
ばったり遭遇することを
想像しながら
新しい今日を過ごしている

ソウルメイト――心友

遠い地へ引っ越してきてから六年
彼女と久しぶりに会うのは二度目だ
会わなかった間の時間も
会えばまたたくまに飛び去り
つい昨日会ったような感覚になる

同じ事務所で数年一緒にやってきた
ひとまわり以上も年下の彼女と
なにかにつけてコンビを組みながら
動いてきた日々は　思い出の色になり

今はそれぞれの時間を過ごしている

落ち込む時　なにかにつまずく時
安易に相談したりはしない
心の揺れ動きの渦中にいる時は
相談しても　愚痴にしかならないと
互いに知っているから

自らの葛藤の中で
浮かび上がる何かの糸口を見出した時
はじめて　打ち明ける

そんなほどよい距離感を
互いに大事にしていることが

口に出さずとも伝わってきて
何年会わなくても　そばにいる
心の中の定位置にいる

久しぶりの再会で
時間を忘れて飲み交わし
本音で語り合い
また今度　が　数年先になったとしても
私達は　お互いが心の傍にいるのを知っている

合い鍵

キーホルダーに残った鍵は
いつでも　扉を開けるための
魔法の鍵

父が逝き　母が逝き
ひとりで家を守ってくれていた
弟が逝き

四人家族だった実家は
住む人のいない空き家になった

放っておけば　固定資産税がかかり
火災保険を掛け続けることになり
西の地に居を構えるわたしは
家屋を取り壊し　更地にして
売却した

帰る家は　こうして
故郷からなくなった

長年使ってきた　実家の鍵は
他の鍵と共に　日常の時間に
溶け込んでいる

いつか　たとえば逢魔が時
昼から夜へのあわいの時間に
まだ実家がある別の世界
並行して存在する場への
扉が　開くかもしれない

その時　歩み入って
実家の玄関をすぐ開けられるよう
形見の鍵を　残しておく

賑やかな夢

ゆうべ　母に会った
昨年亡くなった弟を
「もっと　生きさせてやりたかった」
と嘆いていた

この前は　行きつけの
音楽、芝居、絵などをやる
仲間たちのたまり場だった
お店のマスターが　訪ねてきた
とうに失くなった店とは違う場所で
小さな店で　営業を再開したそうだ
駅近くの　入り組んだ路地を
あちこち曲がったら
たどり着く　と教えてもらった

ほかの日には
弟が会いに来た
やはり　ちゃんと絵を習いたいから
預けてある六十色の色鉛筆セットを
受け取りに来たと

かなたの世界へ
旅立っていった懐かしい人たちが
このごろ　よく私の夢に現れる

いつか　迎えるだろう
人生のゴールの　ひそかな
伴走者のように

のっぺの作り方

材料
里芋・人参・レンコン・かまぼこ・こんにゃく
しいたけ・貝柱・ぎんなん・塩鮭・いくら

新潟の郷土料理　のっぺのレシピが
母から届いたのは
再婚してから初めて正月を迎えようとしている
年末の頃だった

だし汁カップ五〜六杯

（かつお、しいたけ、貝柱からとる）

近況を尋ねる言葉はなく
便箋二枚にぎっしりと
ひとつひとつの野菜の切り方まで
細かく書かれていて
母の思いが　じわじわと浸みてくるようだった

ポイント
吹きこぼれないように鍋蓋をしない
材料、特に里芋の煮崩れを絶対避ける
保存期間の長い時は途中で一回火を通す

年の暮れになるたび

今ではすっかり　手順を覚えこんだ
のっぺを作りながら
母の声を懐かしむように
手紙を　読み返している

木蓮

あっ　ここにも咲いている

一か月ごとに通院している
病院の中庭で
数年ぶりに出かけたお花見の
哲学の道沿いの民家で

実家の取り壊しと共に　小さな庭に
植えられていた木々も根こそぎ倒され
高校入学祝いに父が植えてくれた
木蓮の木も　姿を消した

植木市へ一緒に出かけ
「どの木にする?」と問われて

自ら選んだのが木蓮だった

その日から私の日常を
見守り続けてくれた
大好きな木だった

〝大好き〟の思いは
心の奥に横たわり
似たようなたたずまいで
春を告げる　木蓮を見ると
思い出のきらめきに包まれ
微笑むような感覚が広がっていく

道の記憶

あまたの人々が踏みしめ　行き交った
悠久の時の記憶を　抱きしめて
村へ　町へ　山へ　海へと
つながり続ける道

もう二度と会えぬ人を見送って
たたずんだ涙も
久しぶりに再会する家族のもとへ
はずむ足取りで飛んで行った喜びも
時代の渦に翻弄されながら

大義のために戦い抜いた意地も
道は　つぶさに見ながら
ふところに　ひっそりと収めて
そこに在り続けている

季節ごとに周辺を彩る花も
きまぐれに吹き抜ける風も
ありったけの声で歌い続ける雨も
やわらかな影をつくりだす木立も
日々の陰影の営みを紡ぐ
時の流れの中に　溶け込ませながら

遥かな時空の　幾多の思いを
抱きかかえる道の記憶は

時折　通りすがりの
わたしの思いに呼応して
ひそやかに語りかけ
どこへ行こうとしているのか
静かに問いかける
大切にしたいもの
つながり続けたいもの
意思の在りかを　確かめるように

Ⅱ

今日の朝

障子越しに　さしこむ光の中で
私は　短い間　泣いた
起きがけに見た夢の
悲しみの余韻が
濃く尾をひいていたので

遠い昨日に置いてきた悲しみは
ほとんど薄れて
記憶のかけらになっているけれど
時のフィルターを通過しても
そのままの形で　残っているものがある

昨日の時間の中で　涙にできないまま
胸の奥で固まってしまった
悲しみが
夢の中から　かぼそく　ひっそりと
呼んでいたのだろうか

頬を白く光らせて
障子戸をあけると
透明な日差しが
夢のなごりを包みこむように
満ちあふれていた

夕暮れ電車

夕方　乗り込んだ電車は
駅に止まるたび
少しずつ　夜へと滑り込んでいく
薄明かりから　薄闇へとなだらかに

ぽつぽつと
灯りはじめる　家々の明かり
人生を灯しながら
それぞれの物語を紡いでいる

くっきりとした輪郭で佇んでいる街の風景は
いつしか　宵闇に溶け込んで
窓には　車内の光景が　映し出されていく
音のない　群像映画を観るように

車窓の外側と内側で　静かに呼吸する
幾多もの人生に囲まれて
きれぎれの物思いが　電車の速度に合わせ
浮遊し飛び去っていく

銀の小舟 ―― 水辺の夜

星のまたたき
水面のきらめき
葉裏をそよがせる風

紡ぎだされる
やわらかな音で編まれた小舟に
乗り込んで

夜の川へと
音もなく　滑るように

漕ぎだしていく

舟は　水しぶきに
洗われて
いぶし銀の輝きを放ち

かすかな水音は
夜の気配に　溶け込み
高まりながら

心も　身体も
包み込むように
旋律を奏で

遠くの空の
雷の音を　運んでくる
香り立つ　水の匂いと共に

ライブハウスでの
ジャズトリオのゆうべ
小舟での　ひとときに
ゆったり漂う

水の音符

静謐な水音が
音楽室に満ちていた

――降りしきれ　雨よ　降りしきれ
すべて　立ちすくむものの上に
また横たわるものの上に
降りしきれ　雨よ　降りしきれ
すべて　許しあうものの上に
また許しあえぬものの上に*

静かに　ひっそりと
あらゆるものを濡らしながら
私達の声は
空から落ちる　一粒ずつの雫になり

溶け合い　広がっていく

開け放った窓から入ってくる
蝉時雨や　物売りの声
隣接する保育園から聞こえてくる
あどけないさざめき
暮らしの息吹が
水音とまじわって
心も身体も　豊かな音楽に満たされ

夏休みの音楽室
私達は　涼やかな雨になっていく

＊合唱組曲「水のいのち」の「雨」より

夕時雨

光が薄く消えゆき
闇がしのび寄るまでの
あわいの時間を埋め尽くすように
雨音が満ちていく

家路をたどる　車の走行音
ぽつぽつと　灯りはじめる
家々の窓の明かり
どこからか漂ってくる　夕餉の匂い

降りしきる水の輪郭と
暮らしの音や匂いが　ないまぜになり
深まる夕暮れは
一日の終わりへ　傾きながら
安らかな夜をいざなうように
水の匂いを運んでくる

夜の溜め息

とうに日付が変わった　深夜二時
熱く澱んだ空気を
やわらかく　押し開くように
かすかな風が　一瞬吹きぬける

駅周辺の　高層マンション群
フロアごとの　常夜灯の明かりが
そこかしこで　またたき
夜もまた熟睡できないまま
人々の眠りを見守っている

うつらうつらと
浅い眠りを漂いながら
夜が断片的に見る夢の情景は
どこへ流れていくのだろう

ほーっ　と
夜がこぼした　ひそかな溜め息が
吹きぬけるベランダで
街の明かりを　見つめながら
わたしも　まだ眠れない

木漏れ日の時間

ゆるやかに　日々は傾いていく
まぶしい昼の陽ざしがやわらいで
薄水色の黄昏に　同化していくように

昨日まで出来た事が
今日は　出来なくなり
明日からも　やりたいと
思っていた事に　同じ気持ちで
向き合えなくなった時

影と一緒に揺れる
木漏れ日のように
明暗が交錯する心の中

はがゆさ　情けなさ　悔しさ　を
味わいながら
昨日と同じく今日も
今日と同じく明日も
まだやれる事　やれそうな事を
思い描いていくうちに
陰影を含んだ深い色合いの
光があふれだしてくる

時と共に衰えていく

身体の在りようとは裏腹に
せつなさを知ったゆえの喜び
痛みを知ったゆえの慈しみ
心の在りようは深まって
のびやかに思考する時空へと
はばたきだす

旅時間

日常に留めつけられていた
螺子《ねじ》がゆるみ
わたしの中で
自由な時間が　動きだす

飛びこんでくる町の音
すれ違う人々
知らない風景の中を
のんびり漂いながら

どこにも属さない気楽さで
色　かたち　音　匂い
感じるものを
ふうわりと　心に散りばめて

気づかないまま　かかえていた
疲れや　おっくうさを
少しずつ　洗い流し
未知の空気を　深呼吸する

のびやかに　ほぐされる
時間の中で
距離を置いて眺める日常への
まなざしは

そこに在り続けるもの
時を重ねて　たたずまいを
深くしていくものの輪郭を
くっきり浮かびあがらせ

帰り着く　暮らしの営みの
扉を　新たな気持ちで
押し開けていく

Ⅲ

湖の街で ―― 琵琶湖畔から

あまねく　光は行き渡る
水辺の街々　細い路地の奥まで
大きな水のふところを通過して
わたしたちの日常を照らし出す

〝おはよう〟と開け放つ窓の向こうには
なだらかな山から顔をのぞかせる太陽
朝一番で通過する新幹線
おだやかな朝の始まりに

山中でもなく　森の中でもなく
家々のたたずまいの中に
豊かに存在する水のきらめきをまとって
プリズムの光が広がっていく

淡々と過ぎる日常に
溶け込んでいる　水の鼓動
ゆったりと　息遣いは
心の波長に寄り添って

暮らしのリズムを
さまざまなかかわりを
心地よく　深めている

図書館の羊飼い

光のかたちで　すわっている
斜めに差し込む　午後の日差しの中で
窓辺の長椅子　光の輪郭そのままに

ほんのすこしの　日差しの翳りで
はかない姿形を浮かびあがらせ
いつも　片隅に　ひっそりと
すわっている

穏やかな時間の中で

本と向き合う人々が
心の底からくつろげるよう

荒ぶる魂の襲来が
言葉によって紡ぎだされた
幾多もの世界を
蹂躙しないよう

城址公園のお堀沿い
駅前のビルの一角
古い市民会館の隣
小さな森の入り口
それぞれの地になじんだ
図書館では

遥かな時空を経て
ひめやかな約束事のように
本の番人たちが
静かに　見守っている

溶け合う時間

たくさんの羊たちが
草を食みながら
気持ちよさそうに
空をわたっていく

単身赴任中の
あなたがいる街に着く頃
群れには　何頭の
羊が残っているだろう

あるじが留守で　いっそう甘えん坊になった

猫のかのんは
日だまりの中　アンモナイトの形で
眠っている

同じ場所で過ごすかのんは
わたしとは　違う時間の流れを
生きながら
一緒に　日々を寄り添っている

違う場所で　同じ時間を過ごす
あなたの日常は
折々の電話で届けられ
わたしの日々に溶け込んで
心が重なっていく

遠距離ライフ

暮らしの中で
かわしていた会話が
しゃぼん玉のように
ふわふわと　漂っている

春先から
横浜へ　単身赴任した
あなたがいない生活は
猫のかのんと一緒に
まったり過ごす　のどかさと
ぬぐいきれない　空白感

かのんも　あるじが留守の空気を
感じるのか

いつになく甘えん坊になって
わたしに　まとわりついてくる

楽しい事　嬉しい事
どんなささいな事も
二人の会話が　日々の中で
さざめいていたのだと
しみじみ　思い知りながら

十数年ぶりに
あなたへの手紙をしたためる
留守番生活の近況を
となりにすわって
おしゃべりするように

猫と魚

生まれ変わったら
また　一緒になりたいね　と
飲みかわしながら　夫とおしゃべり

わたしは　猫になるから
あなたも猫になるんだね　と
水を向けたら

猫になんかなりたくない　と言う
よくよく聞いてみると

どうやら　魚になりたいらしいのだ

そういえば　今のマンションに引っ越すとき
入居前のリフォームで
書斎の壁紙の色に　濃いブルーを選んでいた
内装業者が　室内が暗くなるけれど
本当にこの色でいいのかと　確認する始末

水の中の魚の気分を
常に味わっていたいからだったのか

猫になったわたしは
水辺で　魚になった夫を見つけ
きっとまた恋をする

夫は水面に映るわたしの姿が
気になって　いつも岸辺のあたりを
うろうろ泳ぎまわるかもしれない

あまりにも恋しくて
手で　つつっ　つつっと夫に何度も
触らずにはいられないだろう

少しずつ　痛手を負いながらも
魚の夫は　逃げようとはせず
満身創痍になっていくかもしれない

わたしが繰り広げる

生まれ変わってからの二人の
恋物語を聞いていた夫は
いまも　猫と魚みたいなもんだなぁ
と苦笑い

夕闇

一日中留守にしていた家の中には
大きな魚が　ゆったり漂っていて
玄関ドアをあけると　水の匂いが
かすかに　流れてくる

たまった疲れを脱ぎ捨て
ゆらめく　青い空気に
身を浸しながら
大きく息を吐き出すと

魚は　水滴のような
さざめきを　こぼして
窓からの　わずかに残る光を
部屋の片隅に　溶け込ませていく

灯りをともし
カーテンをひき
魚が　夜の闇へ泳ぎだすまでの
短いひととき

外でこびりついた
鈍色の鱗を　ゆっくりはがして
こわばっていた心を
そろり　ほどいていく

美しい瞬間《とき》

肺癌と告げられ
今日の午後から入院という日
夫と共に　早めに家を出て
途中の喫茶店でコーヒータイム

窓際の席で
それぞれ持ち寄った文庫本を読みながら
ときおり微笑み　言葉をかわす

午後の日差しが窓越しに差し込み

コーヒーカップもテーブルも
向かい合って座る夫の姿も
隈なく照らし出し

それはまるで
神からの恩寵のように
そばで寄り添っていてくれる
夫の存在を浮かび上がらせて

この先どんな状況になろうと
けっして忘れないだろうと
心に刻まれた瞬間だった

器たちの宴

今夜から数日は
久しぶりに出番がありそうだ
二か月振りに　この家のあるじが
単身赴任先から帰ってくるそうだから
いつも簡素な食卓も
すこし　賑やかになるだろう

一番喜んでいるのは　あるじ専用の
ご飯茶碗　味噌汁碗　箸で
ひっそりと　食器棚の奥で

うつらうつらしていた眠そうな眼が
喜びを抑えきれないように
輝いている

メニューは何だろう
あるじの好きな野菜炒め
秋刀魚の塩焼き　豚汁　肉じゃが
ぶり大根
副菜には　ポテトサラダ
白滝の真砂あえ
ごぼうとにんじんのきんぴら
水菜と揚げのおひたし　茄子の煮浸し
どんなものが
出来上がってくるのだろう

メニューによって　俺たちの中から
出番のあるものとないものが
決まってくるのだから
鼻歌を歌いながら料理する
妻の手元を
食器棚の中から
皆　真剣に見つめる

「今夜は君の出番だね」
妻に声をかけられ
料理を盛り付けてもらった器は
晴れやかな得意顔で
湯気の立ち上る　食卓の舞台へと

運ばれていく
久しぶりに共演できる
いくつかの仲間たちと
微笑みをかわしながら

うずら出張所

そこは
児童公園の片隅にある
町役場の
小さな出張所でした

すぐ隣には
幼稚園があり
一日中　子どもたちの
笑いさざめく声が
風にのって　運ばれていました

その場所へ行くには
今はもう使われなくなった
線路跡の残る道を
通らなければなりません
朽ちた枕木の隙間から
草は伸び放題に繁り　時折
虫が飛び出してくることもありました

常駐職員さんは二名で
守衛のおじいさんも　いました
住民票が必要になった時など
役場まで足を運ばなくても
散歩がてら出かける

出張所で手に入るので
そら子さんは
時々　便利だなあ　と利用していました

夫と初めて一緒に暮らし始めた
その町の情景を
このごろ　そら子さんは
よく思い出します
あと十年　十五年・・・
夫と一緒に歩いて行ける年月は
どれくらい残っているのか　と
思う時

共に歩き始めた　その町の

うずら出張所のたたずまいは
小さな喜びの泡のように
そら子さんの心の中を転がって
風や光や子供たちの歓声をよみがえらせ
〝フフッ〟と笑みがこぼれてくるのです

始まりの日々と同じように
離れ行く時も　光が満ちているように
感じられたので

黄昏のはぐれ者

〝思えば　最初から派遣人生だったなあ〟

たそがれ時　いまにも雨が降りだしそうな
空模様の中、スーパーへと買い物に向かう道で
そら子さんは　その小さなつぶやきが
聞こえてきたように感じました

舗道の真ん中には　若い男性の首が
転がっていたのです
ぎょっとしながらよくよく見れば

それは　胴体のないマネキン人形でした

搬送中のトラックの振動で
胴体からはずれ　荷台から
落ちてしまったのでしょうか

虚空を見上げる　表情のない男性の顔が
どことなく哀しげで　そら子さんは
振り返り　振り返りしながら
目的のスーパーへと向かいました

〝僕の胴体はどこまで行ってしまったのだろう?〟

帰り道　遠くを見渡すように

首だけのマネキンは
歩道沿いの木の枝に
ちょこんと乗っていました

自らそこまで登って行ったのかと　不憫になり
そら子さんは　早くマネキンが胴体と再会して
元気よく　次の仕事先へ行けるよう
願わずにはいられませんでした

夕暮れのすきま

ひたひたと　夕暮れは
部屋の中へしのびこんできて
クッションを枕に
うたたねする　あなたの姿を
青いシルエットに変えていく

休日の一日が
ゆったり過ぎていく
こんなひとときは
いつか夢みた情景の　ひとこま

遠距離のままで　恋をしながら
心をつなぎあっていた
十一年間の日々は
一緒に暮らしてきた
時間の流れに重なり

夕暮れの満ちた部屋は
小さな舟になって
時空のすきまを漂いはじめる

たぶん
わたしは　いまでも
あなたにときめいている

小舟の舳先あたり
台所の小さな蛍光灯だけ灯して
夕御飯の支度にとりかかる
うたたねから
あなたが　目覚める頃合を
みはからいながら

歳月

あなたはわたしを見守っている
わたしはあなたを見守っている
いつでも　どこでも
共に歩いていこうと決めた
その日から

どんなふうに喜び　悲しみ
思い悩んだのか
つまずきながら立ち直り
日々を歩いてきたか
わたしたちは　お互い
つぶさに　見てきた

小さないさかいのあとでは

それぞれに
新しいあなたとわたしを発見して
ゆるやかに　歳を重ねながら
互いに　かけがえのない存在へと
心の深みを増していく

並んで歩く道の先に
いつかは　一人で　歩きだす日々が
必ず待ち受けているだろう
あなたは　わたしの
わたしは　あなたの
豊かな思い出を抱きしめて
互いの人生の証人になる

あとがき

久しぶりに（二十八年ぶりに）二冊目の詩集を出そうか、と思い始めたのは二〇二一年一月に弟を亡くし、実家の後処理をすべて終えた同年十一月頃でした。元気なうちにやりたい事をやっておきたい思いが強くなったのです。

たまりにたまった作品のどれを詩集用に選ぼうか、どんな詩集にしたいのか、あれこれ考えあぐねる私の背中を押してくれたのは、夫のひと言です。「自分が元気なうちにというより、読んでもらいたい人達が元気なうちに出した方がいいよ」と。確かにそうだ、と深く納得し、以前からお願いしたいと思っていた竹林館の左子真由美さんに、相談にのっていただきました。きめ細かに作品に目を通していただき、的確なアドバイスのおかげでそれぞれの作品がすっきりと整えられていく過程は、詩集という舞台に向かって役者の足並みが揃っていくような、わくわくする感覚でした。

身内を見送ったり、自身の病気だったり、様々な経験のあとで〝今ここにいる私の在りよう〟を表現する詩集が出来上がったように思えます。

最後まで作品に寄り添いながら、一緒に歩んでくださった左子真由美さんに感謝致します。これまで出会った誌友たちの温かい励ましに、勇気をもらいました。一人一人にありがとうの気持ちが届けられたら、と思います。そして、いつもほどよい距離感で見守り支えてくれた夫に深く感謝します。

二〇二三年六月　　　　　　　　　　　青木春菜

青木 春菜（あおき はるな）

一九五五年新潟市生まれ
関西詩人協会会員。詩人会議会員
京都詩人会議会員。新潟詩人会議会員
「１／２」同人

住所　〒525-0025 滋賀県草津市西渋川 1-11-24
アウルコート草津 504 落合方

青木春菜詩集　木漏れ日の時間

2023 年 7 月 20 日　第 1 刷発行
著　者　青木春菜
発行人　左子真由美
発行所　㈱ 竹林館
〒 530-0044 大阪市北区東天満 2-9-4 千代田ビル東館 7 階 FG
Tel　06-4801-6111　Fax　06-4801-6112
郵便振替　00980-9-44593
URL http://www.chikurinkan.co.jp
印刷・製本　モリモト印刷株式会社
〒 162-0813 東京都新宿区東五軒町 3-19

ISBN978-4-86000-498-9　C0092